U0132579

寫詩，玩文字遊戲

◎林煥彰

我喜歡跟小朋友說，寫詩是可以玩的。

這本童詩和剪紙合在一塊的書，我們把書名叫作《童詩剪紙玩圈圈》，說明了我們很重視「玩」這個字的遊戲概念。「玩圈圈」，是不是一種遊戲？當然，我當它是一種遊戲；它讓我聯想到，以前我在夜市裏，曾經帶着孩子玩過套圈圈的遊戲。寫詩、剪紙，可不可以遊戲？答案當然也是肯定的：可以玩。具有遊戲性的寫作和創意的剪紙藝術，在學習過程中，通常會比較輕鬆有趣，沒有患得患失的功利問題，心情就少了很多壓力；會覺得好好玩。「好好玩」，就能玩出創意來，玩出快樂來。

任何文學藝術的創作，都講究創意；童詩寫作和剪紙藝術的表現，都屬於一種精神創作的追求，不能墨守成規，要勇於嘗試，推陳出新，隨時創作出屬於個人有創意的新作品。近十多年，我一直在傳播「玩文字，玩心情，玩寫詩，玩創意」；到處講學，到處傳播這種「遊戲觀」的創作理念。最早，從二〇〇三年四月，我應邀到香港教育學院，出席「童詩、童話學與教研討會」，在兩所大學、院校公開演講。回到台灣後，在國內小學巡迴演講，對象包括教師和學生；之後，我又應邀去香港大學駐校、到張家港常熟理工學院演講，以及在澳門大學談兒童文學等。我經常參加泰國曼谷、印尼棉蘭召開的世界華

文文學活動，中國廈門、福州專科師範學院等講學，也在馬來西亞檳城、大年等中小學華校巡迴講座。

　　和現代剪紙藝術接觸，是去年七月，我和劉韻竹老師同時應邀，在台北當代藝術館主辦兒童暑期夏令營「剪紙創作及童詩寫作班」研習，我們共同主持；她教剪紙，我教寫詩，因此，有機會嘗試以配合她的剪紙畫作寫成詩，作為教學示範教材；效果相當好。因此，我們又有了再次合作的機會，由韻竹老師先完成她的剪紙創作，我再根據她的作品寫成詩和導讀。這本書的寫作，非常順利、也寫得很愉快，有時一天寫五、六首；寫作地點，除了自己的家，有時也在書店、咖啡館，或在捷運、客運、公車上；有時利用電腦直接寫作，有時寫在稿紙上，有時也寫在便條紙上，甚至各式各樣 DM 傳單，隨興自在，真的像在玩一樣，所以這本書的原稿，是雜亂的，可是寫作的心情，卻很愉快。這樣的成果，當然是與劉老師獨特的剪紙畫「畫中有詩」、「畫中有故事」有關；其次是，我個人寫詩的遊戲觀，也發揮了巧妙神奇的作用。玩，就是最好的學習創作的新方式。希望這本《童詩剪紙玩圈圈》詩圖集，能為大朋友、小朋友帶來欣賞詩、學寫詩和剪紙藝術的多重樂趣，和滿滿的心靈享饗。

剪出自然心世界 ◎劉韻竹

這是一個美麗富饒、多彩多姿的世界。我們很幸運可以生活在這樣的世界。

大樹、松鼠、甲蟲、野菇、蝴蝶、青蛙、貓頭鷹，平靜詩意的生活在油綠綠的森林；鯨魚、海豚、水母、海葵、珊瑚、海馬、熱帶魚，自由徜徉在蔚藍藍的海洋。我們人類則享受着來自森林、海洋、天空、大地的禮物—豐盛美味的食物，舒適遼闊的環境，和不可或缺的陽光、空氣、水，享受着森林、海洋、天空、大地顯現的美麗。

這些自然環境，及生活其間的動物、植物、昆蟲、真菌、微生物，不僅提供我們生存居住的空間，滋養我們的身體，更孕育我們的心靈，幫助我們思考與創造許多動人的詩篇、樂曲、畫作、舞蹈……以及和諧富足的生活。

我喜愛也感謝這個獨一無二的世界。我的生活及剪紙創作，一切的基礎都來自這個有着多元生命和森林海洋天空大地環繞的世界。希望這個世界永遠如此生氣蓬勃、欣欣向榮，不斷的激發我們生活與創造的靈感。

目錄

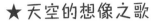

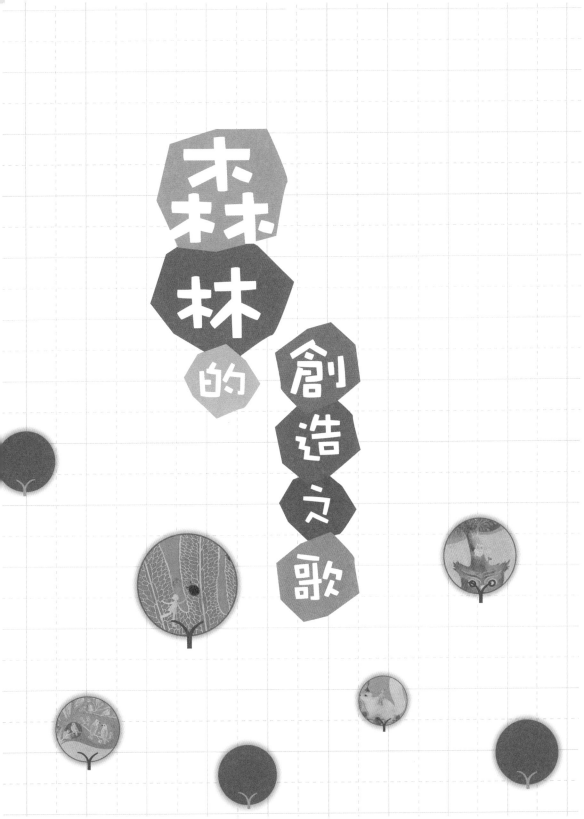

森林的創造之歌

綠色的小精靈

春天剛剛來到，不！

她才剛剛把眼睛張開；

我看到了，她就是春天

天亮了

大地亮了

萬物也跟着，都醒過來了

但我看到了

百花也靜悄悄，飛起來；

飛起來的花，都變了

都變成了一隻隻花蝴蝶——

我是綠色的小精靈，我也才剛剛

從暖洋洋的地底下

甦醒過來；我鑽出來

靜悄悄，坐在綠色的樹叢裏，

13

紅色的花，變成紅色的蝴蝶

橙色的花，變成橙色的蝴蝶

藍色的花，變成藍色的蝴蝶

綠色的花，變成綠色的蝴蝶

黃色的花，變成黃色的蝴蝶

靛色的花，變成靛色的蝴蝶

紫色的花，變成紫色的蝴蝶

哇！這就是春天

你看到了嗎？都看到了嗎

大地醒來的春天；百花齊放，

就是，蝴蝶紛飛的春天……

小精靈玩寫詩

要有喜悅的心情，接受美好的事物。

看這幅剪紙畫，我就看到了春天。我為它寫詩，是從畫中找「意象」，然後開始構思：畫中的「意象」很多，如何選擇，關係個人的注意力、興趣和想法；選擇的結果，是決定這首詩該怎麼寫，你就得集中心思去想去經營；我動用想像、聯想和轉化的功夫；當我想到「綠色的小精靈」成為這首詩的寫作意念時，我就開始集中心思，想像、聯想和它相關的種種意象，而這些意象，基本上都可以在畫面看得到，但也有看不到的，那就是想像和聯想的東西；最後，我動用了「轉化」功夫，把不可能的變成可能，把沒有的變成有，把不是的變成是……像在變魔術。

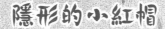

隱形的小紅帽

打開眼睛，你不一定看得到
不打開眼睛，你也不一定看不到

嗨！我是小紅帽呀
你看不到我吧？
我是故意的，要讓你看不到

16

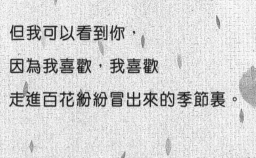

但我可以看到你，
因為我喜歡，我喜歡
走進百花紛紛冒出來的季節裏。

走進百花裏，我要每一朵花都跟着我，
一朵接一朵，又一朵接一朵
我們一起迎接春天。

你看吧！睜開眼睛

小青蛙已經坐在大紅沙發上，
鼓掌，用力拍手
蝸牛，聽到了那清脆的掌聲
牠也從一大片綠色海芋的
綠葉底下，
伸出了長長的脖子來；
你看到吧！牠馱着的是
一大片海芋，
向前走……

哇！你該都看到吧
我快被你看到了，我差一點點
都被你完完全全的看到了！

沒關係，我就希望讓你看到
我也歡迎你，
我們一起走進快樂的春天裏……

小精靈玩寫詩

　　詩是一種感覺，用有感覺的文字來寫詩，讓你敏銳的思緒跟着它一起走。詩是有引導作用的，讀它、念它、聽它、想它、畫它⋯⋯不知不覺，你就會愛上它。

　　讀這首詩，你不妨打開你的嘴巴，讓你從心底裏發出來的聲音，長出翅膀，讓它自由自在的去旅行；這樣的事，我稱為：我的聲音會去旅行。這樣的讀詩的方式，是不是很棒？為甚麼我要說「我的聲音會去旅行」？因為，我認為：有高興的心情、有美好的心聲，是值得和別人分享的。

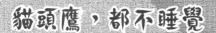

貓頭鷹，都不睡覺

貓頭鷹不睡覺，我也

不睡覺；

牠的眼睛睜得很大，圓圓的

我的眼睛，睜得比牠更大

也是圓圓的。圓圓的

貓頭鷹不睡覺，牠想做甚麼？

我不知道；我不睡覺，

我想做甚麼？我想牠也一定

不知道；

我們都不知道！我只知道

這個晚上太美了！

夜是安靜的，

除了「咕—咕—」的叫聲，

那是應該有的，否則牠就睡着了！

除了我睜開眼睛，牠知道；

如果牠還不知道，我就再睜開

更大的眼睛，和牠一起看

讓牠也看到我驚訝好奇的

心，長甚麼樣！

今晚，實在太美了

為甚麼有那麼多的小貓頭鷹，

躲在大樹上，都跟我們兩個

一樣樣，都不睡覺？

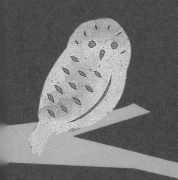

小精靈玩寫詩

　　我住在半山上，貓頭鷹是我的鄰居；
可是十幾年了，牠長怎麼樣，我一點也不知
道，只聽過牠「咕—咕—」的叫聲。但半夜裏，沒事的時候，我就會想
起牠……

　　看到這幅畫，第一眼，我的眼睛就落在牠的眼睛上；我確定，那就
是長久以來駐留在我心上的焦點，所以，它捉住了我的眼睛，也抓住了
我的心，我也就這樣把「詩的感覺」捉住了，很快的在坐捷運的時候，
短短的時間裏，把草稿寫下來，而且也沒怎麼改。這是很奇妙的一種心
靈活動；讀詩也一樣，要讓心裏最奇妙的感覺，活潑跳躍起來。

小瓢蟲溜滑梯

小瓢蟲，我應該叫牠們

小不點兒；牠們

很像標點符號，

會在我的詩裏自由移動，我會給牠們

最好的位置，請牠們幫忙

讓我寫的詩，變得更好玩。

其實，小瓢蟲

可愛的小不點兒，牠們都很好玩；

牠們會玩爬樹葉的遊戲，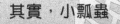

看誰最先爬到毛毛蟲的家，

和牠們玩家家酒。

小不點兒，小可愛

牠們也喜歡玩溜滑梯比賽；

當然，牠們的滑梯都是綠油油的

樹葉做的，很容易一滑就滑到底！

不過，我常常會告訴牠們
要小心，要注意喔
小屁屁不要摔痛呀！

小不點兒，小可愛
牠們都是我的好玩伴，
我們從小就一起玩；
我可以整天看着牠們，但我
我不會對牠們動手動腳；
我會唱歌給牠們聽，我還會
跳舞給牠們看；這是春天嘛，
春天就應該是這樣，好好玩
好好照顧同伴。

青蛙覺得這樣，
很有意思
牠也趕緊從地上跳到
小瓢蟲的遊樂場，
「咕呱！咕呱！」的叫好，
牠說：
我也要！我也要！……
一起玩！

我說，這樣正好
請青蛙當鼓手，
請牠多邀幾位當啦啦隊
「咕呱！咕呱！—」就更熱鬧啦！
春天，就這樣
很圓滿。

小精靈玩寫詩

　　每個人都希望過得很快樂，但要怎麼過？得靠自己安排和調適。這就牽涉到心境的問題；因為，現實不一定都很如意。一看到這幅畫，我的心情就變得很愉快，它喚起我童年的一些記憶，所以一口氣就把這首詩寫了出來！

　　甚麼叫作幸福？幸福是一種感覺。我常從自己的心裏去找這種感覺，把它寫成詩，或畫成畫。因此，我認為：常常閱讀，親近詩，親近畫，親近美好的事物，就是幸福。

小松鼠的最愛

春天，甚麼都好

小松鼠變成大松鼠，

一大早，牠就邀我站在牠背上

我們要去拜訪春天；牠說

春天是個小姑娘。不！

牠說，春天是可愛的小仙女
也許你不容易看到她的真面目，
但她會化身成花花草草；
花花草草都是她美麗優雅好看的模樣，
小鳥，小昆蟲，小動物也都是她的
可愛的好模樣。

今天，天氣真正好；
蜜蜂、天牛就先出來
和我們打招呼；遠遠我就看到了

29

杜鵑‧綬草眼‧畫眉‧八哥‧知更鳥等

春天舉辦名歌唱…你聽過沒有嗎

連遠天線,替我們搭蓋

鼴鼠天線,都懂得張掛銀色的

連小小的鼴鼠,都懂得張掛銀色的

正準備出來參加春天的嘉年華,

打扮得都和小仙子一模一樣,

蝴蝶穿着春天最流行的小洋裝,

人人都喊醒！

百花百草百鳥昆蟲、小動物

春天,就是我們的最愛,

我們就可以真正的親近春天,

只要走出我頭頂上的小紅屋,

小松鼠邊走邊說：我們

百鳥的歌聲,我們都可以提早聽到……

小精靈玩寫詩

　　寫詩，我喜歡找關係；有關係，沒關係，老關係，新關係，都是我要找的關係。關係如果找得多找得妙，詩寫起來就會很愉快，很有趣；我就是要給人家有這種愉悅的感受，讓人讀起來沒有負擔，會很愉快，不知不覺也就改變了心性，腦筋變得更靈活，悟性更高，更聰明。

　　「小松鼠的最愛」是甚麼？「小松鼠的最愛」是不是、也能變成你的最愛？我的最愛？他的最愛？人人的最愛？

31

五色鳥的春天

「篤篤篤」，是會彈跳的聲音；
春天，就是五色鳥牠們
上早課的好季節。

「篤篤篤」，一大早就聽到
牠們敲着木魚的聲音，很好聽
也敲開了我的心；

當然，我知道

牠要教牠們家族，個個都

不要睡懶覺！

「篤篤篤」，五色鳥都喜歡

躲在高大茂密的樹冠裏，不容易看得到

牠們穿着鮮豔的五彩衣；

但我走過的山路上，一路都有迴音

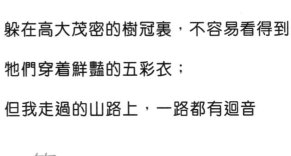

「篤篤篤」的早課聲，

敲得很起勁！我只能抬頭看

那棵高大的樟樹上

綠葉滿樹發亮，想像牠們

乖乖上課的模樣，像不像

和我們在課堂上，上音樂課

唱歌搗蛋；是不是

完全兩樣？

小精靈玩寫詩

有很長一段時間，我幾乎每天在清晨五、六點，都會穿越我在半山上住的社區，走到附近的山路去健行。山路兩旁，雜樹高大茂密，在春夏之交的清晨，我幾乎沿路都能聽到五色鳥清脆的篤篤聲。

五色鳥的篤篤聲，很像和尚誦經敲打木魚的聲音，因此有人稱五色鳥叫「花和尚」；這不僅從牠的叫聲進行聯想，也從牠鮮豔的五顏六色找關係。

「篤篤篤」，聽過五色鳥清脆的篤篤聲之後，相信你一定會久久記住。

春天，就是這樣

春天，就是這樣；是哪樣？

是我能想得到的朋友，時間到了都會到。

你能用心數數看嗎？我閉着眼睛

就知道；

但我不知道，誰先到！

蝴蝶有翅膀嗎？

小鳥有翅膀，

蜜蜂也有翅膀，

牠們怎麼都還沒到？

到了！到了！

我們都藏在花朵裏

和一朵花，又一朵花

好親密。

小白兔，小松鼠呢？

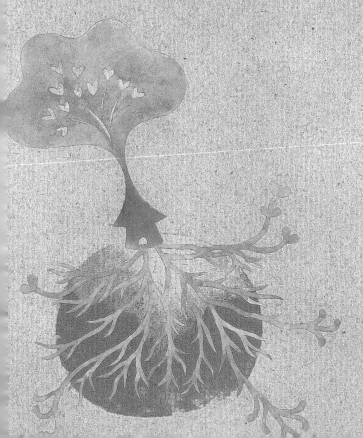

牠們都會蹦，都會跳

應該也是很早就來到，不信嗎

你就睜開大眼睛，看一看！

啊！來了，來了！

小胖豬，小蝸牛，小青蛙……

也都來了！

麋鹿站在高高的山坡上，

牠是最盡責的，

豎起高高的犄角，在點名

誰也不敢不準時來報到。

我說的，春天就是這樣

這樣就是春天；美美的

是眼前你所看到的

這樣。

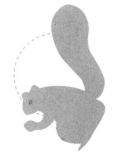

小精靈玩寫詩

　　有好心情很重要；寫詩是在進行一種文字遊戲；「玩文字，玩心情，玩創意」。寫這首詩，我也是用這種愉悅的心情，在欣賞一幅賞心悅目的圖。文字可以玩，心情可以玩，詩也可以玩；要給自己機會，每天都好好讀一首詩，讓自己的心情整天都很愉快。

　　讀這首詩時，應該開心的讀出聲音來；讓自己聽到自己讀詩時所發出的、美妙優雅好聽的聲音……

海洋的冒險之歌

來自海洋的呼喚

是我睡着了嗎？

還是我真的,

在海中探險？

海洋是一個美麗的新世界,

比陸地大；我所知道的

很少,她所擁有的很多

比陸地更豐富!

我做夢也要進入海中，

去了解更多大海的秘密，

但願我不只是在夢裏；我會清醒的

親近海洋的任何生物。

我聽到了，那是來自海洋的呼喚，

不是大風大浪；

是永不止息的大海的呼吸。

她以最柔和的頻率，讓海豚成群

帶着我潛入寧靜的海域；

我看到了，最大的白鯊

我看到了，最小的銀魚

我和牠們正悠哉的穿越

一株株珍貴的珊瑚，

它們標註着我亮麗的行程……

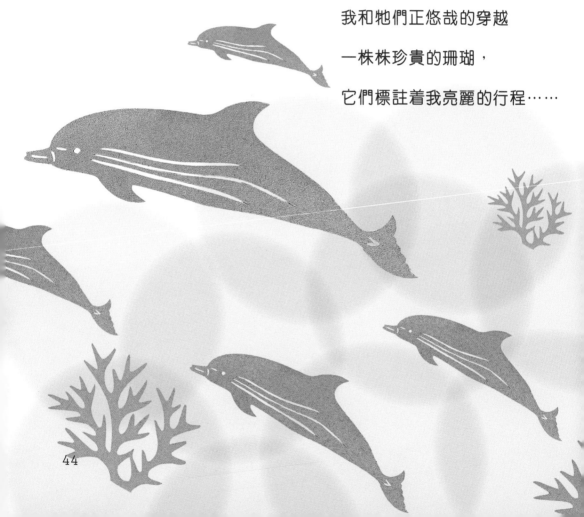

小精靈玩寫詩

　　海洋是神秘的，人類所知道的非常有限；我們既愛海又怕海，如果人類能更謙卑、以平和敬愛的精神親近她，不是只為掠奪海中的生物，相信人類在海上所發生的災難，必定能夠減少。

　　海洋也是一個美麗的新世界；如果我們在陸地上所排放的任何東西，都不為大海製造污染，即使只是靜靜的站在岸上望着海浪，也夠讓人心曠神怡，何況我們還有機會潛入深海，欣賞那海底世界的美景，那是我們做夢也享受不到的。

我還在大海裏

我還在大海中，不在夢裏
真實的冒險是積極的；
我親近大海，她以柔軟厚實的
胸脯擁抱我，
讓我在她遼闊的世界裏，遨遊……

海浪一波波，都變成了

舞動的彩帶，一波波

跟隨飛魚的航道，

護送我進入另一個全新的海域，

海鷗也陪着我，在我上空

鼓勵我……

夢，不是真的；也能成為真實

真實是求知的表現；我親近大海

我知道得更多—

前進吧！飛魚說

前進吧！海鷗也是這麼說

小小魚兒也是這麼說；

我在前進，我和牠們都一起

快樂的前進……

小精靈玩寫詩

　　前進，要用甚麼當動力？自己給自己動力，追求夢想的
願望。

　　海洋是一個值得探險的神秘的新世界，
人類要有求知、探險的精神；尤其是海
洋，我們知道的實在太少，而她卻又是那樣的豐
富！只要人類能善待她，她應該會像母親一樣，無私
的奉獻她無窮的大愛。

　　信心很重要，它讓人產生力量；像一種宗教信仰，讓我
們對自己所做的選擇，賦予不變的毅力，幫助你看到自己美麗
的願景。

水母和小銀魚

冒險需要勇氣，
對陌生、神秘的海洋
我充滿好奇；但我不會害怕
陌生、神秘的海洋
我們需要勇敢的去親近。

我和小銀魚

一起穿越珍奇的珊瑚礁；

不！是小銀魚牠們引導我

向更深的海域去旅行。

我們到了更寧靜的海底，

那兒幾乎沒有波浪，湛藍而靜止

如剔透的水晶世界。

我們親近水母；飄舞的水母

和我們一起飄舞

教我張開雙手，展開

牠穿着百葉的洞洞花裙，

在湛藍的水中旋轉，飛舞

好可愛的水母，讓小銀魚自由自在

在牠身旁穿梭，環繞；

我從未見過，不同族類的生物

能如此相親相愛，

平和相處……

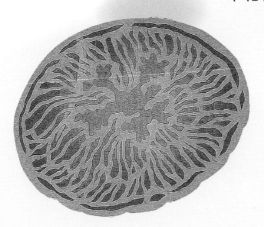

小精靈玩寫詩

　　水母是海中非常奇特的生物，當然海中奇妙的生物可多了。我們人體大約有百分之七十屬於水，但水母全身大概都是水做的。看着水母和小銀魚在海中優游，似乎一點重量都沒有。海洋是奇妙的，若是有機會看到海中生物優游的景象，你一定會驚嘆：海洋世界怎麼會這麼奇特！

　　我的海洋知識有限，但我真心期望，透過我的詩，小朋友能更認真的重視海洋，對它產生更大的興趣，多多接觸；或許將來你能成為海洋科學家。

53

海馬的問號

我繼續留在海中，

進行另一段

探險的旅程；不是在夢裏

離開水母群集浮游的

湛藍寧靜的海域，

這裏，同樣湛藍寧靜；

珊瑚礁、海草都算是海底植物嗎？

我們在陸地上看不到的，

它們都那樣的活着，飄搖自在。

你所看到的海馬呢？

該是海底最有研究精神的

小精靈，牠們都習慣把自己

塑身成一個問號又一個問號；

？？？？？？

牠們在想甚麼？

牠們要研究甚麼？

牠們發現了甚麼？

牠們會不會

認為我是一個不速之客？

我是不是應該，快快離開？

不要侵犯牠們，我只要遠遠的欣賞

向牠們學習，凡事都要拿出研究的精神。

好吧！海洋是神秘的

值得親近，值得研究

但我應該知道感恩，感謝她

讓我有機會親近，

多向她學習……

小精靈玩寫詩

　　「研究精神」是甚麼？小朋友，如果有機會去「海洋博物館」參觀，可能會近距離看到海馬；海馬和水母一樣，都是非常奇特的生物，牠豎起來的樣子，像標點符號中的問號。所以，我認為牠們最有研究精神。

　　讀詩和寫詩，都得動用聯想；聯想力愈強、想像力愈敏銳、愈豐富的人，在閱讀上，一定能比別人獲得更多閱讀樂趣。當然，聯想力和想像力，不會完全與　　　生俱來；它們是可以培養、可以訓練的。那就多閱讀、多觀察、多思考！

深海之旅

無比寬廣的海洋，養育海中

數不盡的生物；

在更深的海中，我遇到一隻

大海龜，牠張開堅硬的四肢

向前划動；比一艘快艇還安穩！

不是我被牠吃進肚子裏；是牠說

來吧！你們都貼在我的肚皮，

我帶你們一起去探險！

牠說探險，其實是

一種深海的旅行。

看吧！我和一群小魚兒

都緊緊的貼着牠；

如果沒有牠的保護，我不知道

會發生甚麼事情！

在海底世界裏，當然也會有

「大魚吃小魚，小魚吃蝦米！」

這種不公平的自然法則，

不只人人要小心，魚魚也要小心！

我們就這樣，很安全

又很開心；我們來到了

更寬廣更寧靜的海域，

很自在的，可以親近珊瑚區

享受一次深海之旅。

小精靈玩寫詩

　　我沒有機會去海底探險，當然也不可能做海底的深度之旅，因此我寫詩需要多閱讀、多思考、多運用聯想和想像。

　　聯想和想像是無價的，我們需要它們；有了它們，我們就能做很多事，把不可能的變成可能，而且有無限可能。不僅如此，它們還可幫助我們改善心情，把不快樂的心情變成好心情，像寫詩、讀詩一樣，有成就感，心情就變好了。

寧靜的音樂會

魚的歌聲是甜美的語言，

不用翻譯；我讀牠們

微笑的嘴唇，

那完美的曲線，傳達友愛

快樂的心聲。

牠們唱歌，跳舞
甜美的歌聲感動珊瑚，
感動海星和章魚……
一起唱歌、跳舞。

深海寧靜的音樂會，
魚的歌聲，唱出我的心聲；
我是牠們的嘉賓，
我也唱歌跳舞，回應牠們
做一個有教養的人。

寧靜的深海中的音樂會，

每年都舉行嗎？

這樣美好、甜蜜的心聲，

是寧靜的深海才會有。

小精靈玩寫詩

「做一個有教養的人。」對每個人都是必要的,我這樣期望着。當然,我自己也隨時都在告訴自己,怎樣做才能成為一個有教養的人。

友善,是一種基本的生活態度;面對所有生物,學會謙卑、友愛,是必要的。看到那麼可愛的魚類,自然就會產生歡喜。雖然人和魚沒有共通的語言,但萬物最有效的溝通方式,是以善良的姿態親近;我用這樣的心意寫這首詩,傳達我內在的心念。

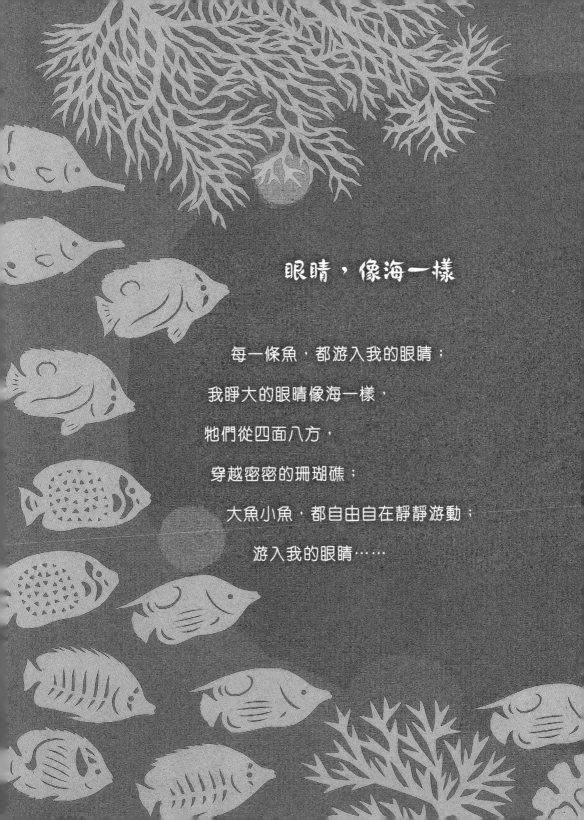

眼睛，像海一樣

每一條魚，都游入我的眼睛；

我睜大的眼睛像海一樣，

牠們從四面八方，

穿越密密的珊瑚礁；

大魚小魚，都自由自在靜靜游動；

游入我的眼睛……

我看到甚麼？你看到甚麼——

我就看到甚麼；因為我睜開的眼睛

一直睜開，歡迎牠們

自由自在，

向我的最深最明亮的瞳孔

游入；我很高興看到牠們

優遊地，游入最深的海底

我提供牠們的是

永不設限……每一條魚

都可自由進出，

游入我的眼睛，再游入

浩瀚的大海……

小精靈玩寫詩

「眼睛」如何像海一樣？這首詩是寫我在看海，而且是很專注地在看海。我用這樣的表現方式，是希望給讀者更大的想像空間；讓讀者自由發揮聯想，讀詩才能獲得更大的閱讀樂趣。這樣的想法與圖畫有關，它提供給我具體的圖像，這是閱讀圖像的好處。平時若養成大量閱讀圖像的習慣，久而久之，可以自我訓練出更敏銳的視覺聯想力，隨時隨地有機會獲得更多的啟發和想像；有助於創造力的提升。

飄浮的，寧靜的海底

　　寧靜的海底，海水是平靜的藍

　我的心情，也是

　　　　　　藍得十分平靜；

　看那朵朵白色透明的水母，

　　　　　　　牠們也是，十分平靜……

　　　　　　我潛進水母的夾縫中，

　牠們像朵朵無重量的白雲，

　　　環繞着我；我也像

朵朵白色透明的傘，

　　　　　環遊在寧靜的海底世界……

看！珊瑚和小魚兒們，

　　　　牠們也是透明的白；白白的

　　　都無重量的飄浮着，

　　　　　讓我對海洋有了更多的

好奇，更多的親切感；

　　　　提高了我對海洋的研究精神……

小精靈玩寫詩

　　我在曼谷「海洋世界」看過水母，甚至海底世界裏其他各種奇奇怪怪的魚類，讓我大開眼界；很多我無法想像的奇特生物，真的不知該感謝誰？誰創造了這個奇特的世界！光是陸地上各種看得到的生物，窮極一生有限的生命和時間，我們也只能認識一小部分。因此，我們每一個人都要很謙虛，隨時都要有學習的精神。尤其面對海洋，人類是無知的；我們還得做更多的研究。

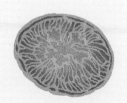

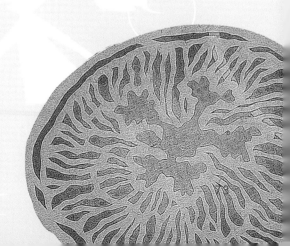

天空的想像之歌

飛吧！我說

飛吧！我說飛吧，

就會飛了起來！

不只是我在飛，鳥兒也在飛

樹也在飛；

你抬頭看看我的眼睛，

我的眼睛，也在飛！

這是秋天，秋天和春天一樣美，

我帶着很多鳥兒，蜻蜓和昆蟲

很多看不見的蝴蝶和蜜蜂；

牠們是隱形的，我們要去明日的世界

和童話國的國王聊天；

國王，他需要我

他把別讓我高高路過名起刀，

看起入地殼。

小精靈玩寫詩

　　詩寫心聲，我喜歡聽到自己激勵自己的、積極的心聲。好的心情，是自己可以給自己的，也值得和別人分享；那就應該把它寫下來。我喜歡用詩的方式，把它寫出來。只有詩的跳躍性的語言、節奏感，還有它的畫面，才足以把最真實的心聲、形象的、生動的捕捉住；它先感動我自己，我相信它也能感動別人。詩，就是傳達純正的、感人的語言。

我在盪鞦韆

我把鞦韆架在高高的樹幹上，

我在盪鞦韆；

我盪得很高，再高、再高

我一點也不害怕。

我看到遠方的山，

遠方山上的白雲，白雲的天空

天上的小樹　，每一棵都往上飄；

它們希望比我高，比山高

比白雲高……

天空是不設限的，

躲在樹洞裏的鳥兒，都很羨慕；

白雲在飛，小樹苗在飛，

有一朵雲是靜止的，

有一棵樹苗不希望飛，

它要長成和大樹一樣——

高大，挺拔。

小精靈玩寫詩

　　每個人，對自己都要有所期許；我對自我的期許是，藉小樹苗期望成為高大、挺拔的大樹，將原本抽象的屬於精神的高度，具體表現出來。詩、文學、藝術的功用，就是希望透過這樣的方法，技巧的爭取讀者、觀賞者認同，樂於接受，而產生共鳴。寫作者的每一種想法，也許是天馬行空，卻要合理化，期許自己能找到最自然的轉換方式，給讀者最親切的閱讀樂趣。

彩虹，幸福的符碼

彩虹，幸福的符碼

老祖母說：

我在夢裏聽到的。

老祖母，她住在彩虹的家

每天夜裏都會睜開閃爍的眼睛，

星星一樣，閃爍着

在夢裏為我講故事；

她說，我小的時候

最喜歡黏她；在她黏黏的

故事裏，甜甜的睡着

然後，然後，還有然後

我就閉着眼睛，微微的笑了

讓我告訴她，

我夢到一個白馬王子

他騎着一匹白色的駿馬，

來接我……

老祖母聽得很高興，呵呵的笑了！

我說甚麼，她都相信—

那就是真的；在夢裏發生

在我的生命中，也一定會實現。

小精靈玩寫詩

　　幸福的感覺，也許短暫；但可以累積。累積短暫的幸福感，幸福的感覺就會變得滿滿。「彩虹是幸福的符碼」，希望你的腦海裏和想像的天空，不論陰晴風雨，隨時都會努力升起自己的彩虹。

　　如果你問我，這首詩的主題是甚麼？我會坦誠告訴你。在這首詩裏，我用最大的努力，設法捕捉「幸福感」。當然，如果我表現是成功的，你讀過之後，自然就感受到了；如果沒有，那就是我的失敗，我沒把這首詩寫好，不是你的問題。但也希望你重讀一次，再重新試着感受一次⋯⋯

升高了我們的意志，
　　是我們真心的

不只是把頭抬起來的一種方式⋯

　　讓愛心起飛⋯我們升高的仰望

在大草原上，放風箏

讓愛心起飛

将愛心嵌在天空裏

我們的愛，是純真無邪；
告訴吹過的風，
路過的雲……

在天空遨遊的每隻風箏，
都為我們升起祝福，

89

讓每位小朋友都知道

和我們一樣，擁有一個夢，

能獲得最好的祝福。

小精靈玩寫詩

在我單純的心裏，常常渴望自己所放的風箏，都能將心中的歡樂和祈望，這種怡悅的心情升高，在天上向所有的人表達祝福；讓愛心飛起來，人人都同樣獲得快樂。

「讓愛心起飛」，是我看到這　　　　幅畫時，第一個自然冒出的意念。寫詩，是希望和讀者分　　　享我個人美好的心念，希望大家都過得比我更幸福、更快樂。

91

我的大白象

我的大白象，會飛

牠飛起來，比白雲還輕；

牠，長長的鼻子

比溜滑梯還長一

我騎着大白象，在天空溜滑梯

一朵朵白雲會接住我，

我的屁股是摔不痛的。

93

我的大白象，會飛

飛得比風還快；

牠有一個很大很大的任務，

是牠自己說的，要送我到

藍色的天空—白雲的家。

每一朵白雲，都準備好了

要迎接我，讓我在他們的家鄉

愛怎麼打滾，就怎麼打滾；

我最高興的，還是

騎在大白象身上，

邀大家一起來，溜牠的長鼻子

—長長長長的滑梯。

小精靈玩寫詩

　　任何創作，都需要動用想像力；請你看這幅畫，是不是因為運用了想像力，創作者才會讓那隻大白象、在天空飛了起來？而且，還可以讓畫中的人物，玩溜滑梯的遊戲？這不僅僅使想像的變成可能，而且也讓不合常理的「合理化」。

　　我為它寫詩，當然也順理成章，輕易的找到了這幅畫的亮點，很合理的寫成這首詩；你欣賞這首詩的時候，是否也認為：

　　　我們這樣做，都很自然，很

　　　　合理，很有趣，又很簡單

　　　呢？創作，就是遊戲。

95

我是一片紅葉

如果我是一片紅葉，是的　　　這是秋天，秋天

我應該是一片紅葉；　　　　　會有很多可能；

我會飛起來。　　　　　　　　樹葉會由綠變黃，變紅

　　　　　　　　　　　　　　我不只會掉落，往下掉！

我還會往上飄，

往上飛⋯⋯

看所有的樹都在動，

它們在歡送我，祝福我

離開樹的葉子，每一片

都有自己彩繪的一生⋯⋯

我向上飛，我會飛回來

回來告訴大樹們：

你們身上將要冒出的

新芽，就是我的再生。

小精靈玩寫詩

　　創作，就是使原先的胡思亂想合理化的一種表現；繪畫、寫詩，寫小說、童話、故事等等，都是努力想辦法、克服困難，完成自己想表現的、跟別人不一樣的最好的作品。

　　秋天的黃葉或紅葉，都是很美的，例如：楓樹、樟樹、山毛櫸、銀杏、大葉欖仁等這些樹的葉子，到秋天都有機會變顏色，有的像蝴蝶，翩翩飛舞；即使掉下來，你也不忍輕易踩它，因為它們是那樣繽紛多彩！有些樹的嫩芽，就像花一樣，很吸引人；如小葉欖仁、柳樹等嫩芽，都非常美。

請你相信我

請你相信我，這是真的

我在其中；也許我是兔子

也許是松鼠，

也也許是鳥兒。我沒有躲起來，

真正躲起來的

是你，你不在畫中……

這不是夜晚，你看到的
只有一半，我看到的
是一個全新的太陽，
全新的一天：

我們要喚醒沉睡的、黑黑的大地
有多少鼾聲，編織晨曦的樹網，
網住破曉的曙光；
在群山背後，暗地洶湧⋯⋯

天空的想像之歌

請你相信我,

日出就是黎明,

這是真的;我們一起站在

稜線上

耐心守候一

小精靈玩寫詩

日出或黃昏，都是一天當中，最美好的時刻；因為氣象變化萬千，晨曦雲彩、黃昏晚霞，讓人為之陶醉！這幅作品，以橘紅的暖色調為主，一片樹林只呈黑色的枝幹，透過它們，我們看到有些動物，以及一個白色的大太陽；這樣巧妙安排的畫面，充滿想像的美。我刻意以不確定的敍述方式，來寫那些在樹林裏活躍的小動物，象徵美好的一天的開始，對每個讀者來說，也是個美好的期待；由此而傳達我心中充滿詩意的感覺。

送你，甜甜的夜晚

夜裏有很多想像，屬於天空

大地安靜了，

每棵樹都守着它們的本分，

回到它們應該站着的位置；

輪到小兔子出來，牠幫我做事，

牠，騎着一顆小星星；

你以為牠是拖着一支拖把——

天空的想像之歌

不過，我真的希望牠

把夜空擦得更藍，更亮

我微笑着的夢就會發生。

小黑貓是很黏人的，

牠老愛爬到我頭上，你會以為

那就是我烏黑的秀髮；

這也沒關係，我的頭髮

本來就是黑的—

烏溜溜的黑；最重要的是　　　我的甜甜的臉蛋兒，甜甜的

我是甜甜的。你該看到吧！　　微微閉着的眼睛，

　　　　　　　　　　　　　　甜甜的，微笑的小嘴兒

　　　　　　　　　　　　　　甜甜的，送你一個甜甜的夜晚……

小精靈玩寫詩

這首詩，我要傳達的是，畫面上那濃濃的甜蜜的氛圍；那氛圍，
不只是看得見的甜蜜畫面，還有看不見的微妙的感覺，是屬於內在的
深層的感受。那些看不見的微妙的感覺，對我來說，反而是最真實的；
這一部分，我通常都稱它為「詩的感覺」，我十分珍
惜，也十分努力把它寫好。我會一直一直不斷的寫，
相信自己可以愈寫愈好。

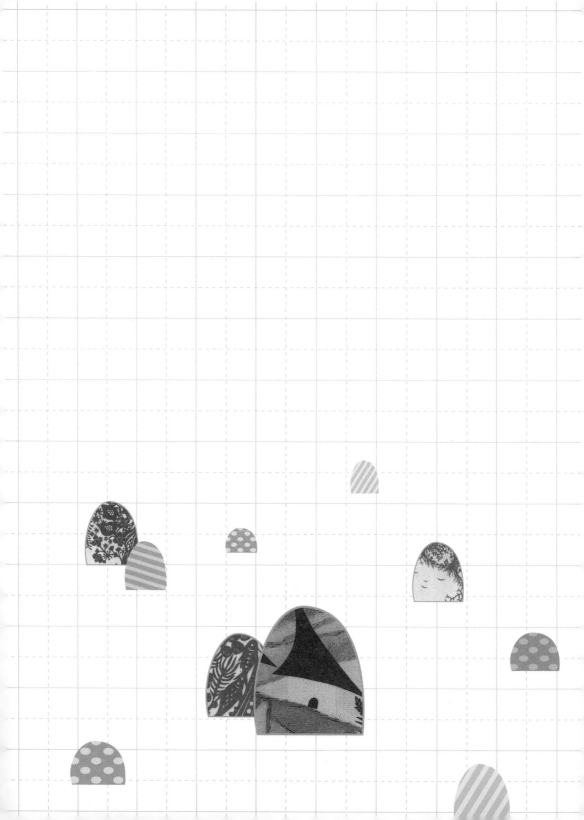

大地的分享之歌

110

每一個圓圈圈

大地富饒，

我將它穿在身上；包括

海裏的魚蝦，沼澤的水鳥、青蛙，

更多看不到的，更多我想像的

花草，會有很多秘密：

她們的悄悄話，都用一個個圓圈圈

一個個圓圈圈，串連起來……

你該知道吧！

每一個圓圈圈，都是秘密

她們不會公開，但也已經公開了

你該知道——

卻甚麼都不知道呀！

那是秘密。

好吧！我就悄悄告訴你，

請你閉着眼睛，輕輕的

輕輕的，

一個圈圈，一個圈圈

摸摸看，都是貼心的秘密……

小精靈玩寫詩

　　我觀賞韻竹老師的剪紙畫，總會有一股美好的感受；尤其這幅畫很特別，畫中像女神一樣的美人，我直覺的認為她就是大地的母親；大地孕育萬有生命，我們最容易看到的動植物、昆蟲花卉，哪一樣不是和她有密切關係？所以，我就從這一點認知裏去找關係；從事創作的人，要發揮想像力、創造力，無不是從這樣的方式開始去聯想；找關係，找新關係，就有創意。

我雙手合抱

瓜果、蔬菜，

在地上和地底，都是同樣的

由大地母親孕育；

蘿蔔、芋頭、番薯

一株株從地裏冒出來；

香菇、豆芽、

菠菜、茼蒿和絲瓜……

我無法一一點名，
該由它們自己來報告─

我雙手合抱，
愛心滿滿；滿心歡喜
每株新抽出來的芽兒，
纖細的小指頭都頂着一顆心，
和我一樣，虔敬合十。

小精靈玩寫詩

　　一個人的真誠和善良，大多可以從他的外表看得出來；我一看到這幅圖畫的人物造型，就自然而然的朝着虔敬、感恩的意思思考。

　　「雙手合抱」的圖像，讓我覺得它像自動語言，自然從心裏透過筆尖、流露出來，是一個非常祥和的心象，引領我抒發美善的意念；我寫的詩，一向都希望和讀者分享這份情意，為的是要感念天地大自然萬物的無私奉獻。

大地，萬物的母親

大地，萬物的母親——

我們要懂得感恩；

枇杷、鳳梨，香蕉

不是從我頭上長出來的，

只是我在想念它們；掉口水那樣

想念……

118

葡萄、草莓、鳳梨、火龍果，

不是從天空長出來；

我抬頭仰望，我看到了

就是這樣的甜美，這樣的

差點兒忘了向它們讚美！

木瓜、橙子、橘子、檸檬……

想到就要掉口水的；它們都是

我的最愛！

小精靈玩寫詩

　　大地是萬物的母親，因為我們吃的水果、蔬菜、稻穀，沒有一樣不是從她的身上長出來的；還有，所有在土地上生活的人類、動物、植物、昆蟲等等，有哪樣不需要土地的滋養？我羅列了許多水果，其實也不只這些，如果我們能每天到水果行走一回，你一定會有更具體的感受。

天天都是母親節

跳舞；手舞足蹈，

向大地感恩，讚美─

牽牛花，石竹花，母親花

蒲公英，酢漿草，霍香薊

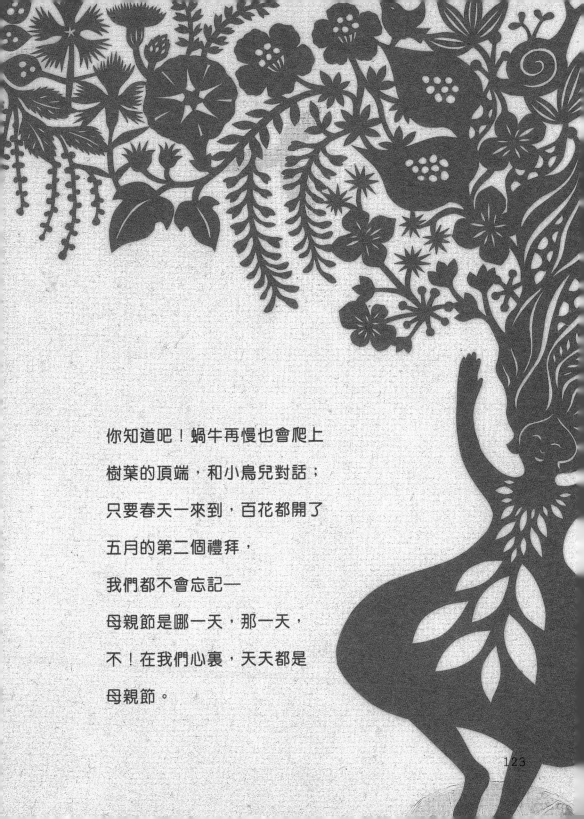

你知道吧！蝸牛再慢也會爬上

樹葉的頂端，和小鳥兒對話；

只要春天一來到，百花都開了

五月的第二個禮拜，

我們都不會忘記——

母親節是哪一天，那一天，

不！在我們心裏，天天都是

母親節。

123

你知道吧！大地是

萬物的母親；

我們的母親，教會我們

時時要感恩。

小精靈玩寫詩

　　「時時要感恩」這句話，希望不要被看成如教條那樣沉重；我希望，人人都應該養成有這樣的心，讓默默辛苦付出的人，都能獲得真心的感謝。

　　母親節，一年只有一天；但是，媽媽的工作，卻是全年無休！她是每天最晚睡、最早起床的人，是不是很辛苦呢？讀一首詩，不只是讀每一個字，還有文字背後的意涵，以及言外之意，需要讀者自己省思、體會、玩味……

快樂的水果公主

現在，我就是水果公主

我可以高高在上，坐在一座

小山丘之上；

你看到了吧！

每一座山丘，都是飽滿的

圓鼓鼓，圓鼓鼓……

準備長出最快樂的果樹；

有了快樂的果樹，

就會有快樂的水果；

包括我，快樂的水果公主。

已經冒出來的，各種各樣

各式各樣的水果

不同的花，不同的果實，

就是不同；不同就是熱鬧

我們就是高興，

需要，熱熱鬧鬧……

小精靈玩寫詩

　　每個人都曾經是小孩，小孩需要快樂；這是他們天生應該要有的權利，大人是他們的保護者，不得悖離這份天職，沒有藉口、沒有迴避的權利。

　　表面上，我寫的是水果，在歌頌它們，其實我隱藏了小孩的角色，但書寫的是孩子們的心聲；希望透過這樣的轉折，能讓小讀者讀起來有着更多可以咀嚼的甜味；詩總是注重餘味，需要讀者自己懂得品賞。那就多讀幾回吧！

大地的小精靈

我歌唱，我遊戲，我跳舞……

我是大地的小精靈；

我常常是寂寞的，不！

我愛安靜；

我安靜的時候，

我自己玩；我會玩得很開心。

我靜靜的想着；眯着眼睛，

想我跟樹的對話，給花講故事

和鳥兒說悄悄話；

你聽到了嗎？

我常常自言自語，不！
是自己對自己交心；
我從不說假話，這就是
說出真實的秘密。

今天，這是我最幸福的
一天⋯⋯

小精靈玩寫詩

　　甚麼是最幸福的？很多人不懂得享受安靜，自己一個人獨處時，常會感到無聊、寂寞、害怕！如果懂得閱讀、寫作、畫畫，靜思、冥想，甚至走到戶外親近大自然，走一段田埂小徑，看看遠方的樹，天上飄忽的白雲……釋放心靈，就是莫大的幸福！

　　每個人的內心，或會有個秘密；要説出自己的秘密，是不容易的；如果能把自己當作自己的朋友，找個機會自言自語、和自己對話，這或許是最好的一種方式；能和自己交心，就是幸福！

輕輕的傾斜

你看到了嗎？我看到

鳥在樹上飛，小兔子在山坡上

跳躍，公雞母雞和小雞

咯咯咯，要回家；

小狗在我頭上跑，

蝴蝶在花園飛，蜻蜓在穿梭……

你看到了嗎？

農人在耕種，只有我—

最悠閒；我睞着眼睛

想唱歌的事，

　　讚美大地，孕育萬物，

　　　　每棵樹都和我一樣，

　　　　　　快樂；快樂就輕輕搖擺，

　　　　　　　　輕輕傾斜；是快樂的模樣，

　　　　　　　　　　不是東

　　　　　　　　　　　　倒西

　　　　　　　　　　　　　　歪……

小精靈玩寫詩

「詩想」是很重要的；它，就是寫詩的想法。詩想的好壞，影響詩的本質和它的成就。我習慣朝着喜悅、歡樂為小朋友寫詩；分享喜悅的心情，愉悅的正向的人生觀。

我在農村出生，小時候在鄉下成長，對大自然、田野充滿好奇；很多昆蟲，如蝴蝶、蜻蜓、瓢蟲、螳螂、蟬、天牛，都是常見的，可以説是我童年的玩伴；現在回想，仍然是很迷戀的。這首詩，我寫到的農村景物，配合畫面，我只輕輕點到，傳達內心一點快樂的訊息而已……

剪紙吊飾DIY

工具箱： 剪刀　漿糊筆　魚絲（20～30毫米）

步驟 1

請將左頁的松鼠和小樹沿着白色實線剪下來。

步驟 2

將松鼠背面塗上漿糊筆，黏上魚絲的一端，再把另一隻松鼠貼上去。請注意，魚絲不要剪斷哦。

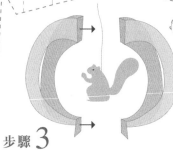

步驟 3

沿着小樹的虛線內摺。虛線背面塗上漿糊筆，將步驟 3 松鼠上方的魚絲黏上去，再把另一棵小樹對準黏貼。

完成！

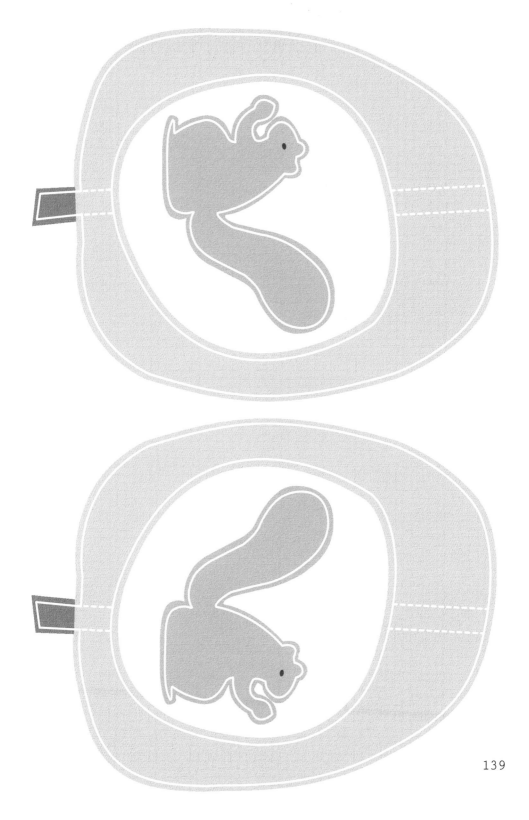

139

本著作在台灣由幼獅文化事業股份有限公司首次印行，並由幼獅文化事業股份有限公司獨家授權商務印書館 (香港) 有限公司在港澳出版發行。

童詩剪紙玩圈圈

作　　者：林煥彰

剪紙創作：劉韻竹

責任編輯：鄒淑樺

封面設計：黃沛盈

出　　版：商務印書館 (香港) 有限公司
　　　　　香港筲箕灣耀興道 3 號東滙廣場 8 樓
　　　　　http://www.commercialpress.com.hk

發　　行：香港聯合書刊物流有限公司
　　　　　香港新界大埔汀麗路 36 號中華商務印刷大廈 3 字樓

印　　刷：美雅印刷製本有限公司
　　　　　九龍觀塘榮業街 6 號海濱工業大廈 4 樓 A 室

版　　次：2016 年 9 月第 1 版第 1 次印刷
　　　　　© 2016 商務印書館 (香港) 有限公司
　　　　　ISBN 978 962 07 0491 8
　　　　　Printed in Hong Kong

版權所有　不得翻印